KB062986

파도에 그리는 편지

회 KBS 근로자문학제 최고상(국무총리) 수상

파도에 그리는 연가

이호근 시집

도화

차례

시인의 말

1부

황 태 · 10

등대 · 12

파도에 그리는 편지 · 14

미련한 놈 · 17

바람 들꽃 · 19

앵두꽃 · 21

옹기론 · 23

벼랑에 벼린 노래 · 25

겨울 강 · 27

작은 사슴의 섬과 약속 · 29

머니 뭐니 · 32

아버지의 지게 · 35

채 할머니 · 37

밥 호수 · 40

증 · 42

마을 · 44

아 · 46

니의 장날 · 50

오늘 내일 · 52

소나타 · 55

화 · 57

수의 겨울나기 · 59

초꽃 · 61

형에게 · 62

제림 · 64

스(MERS) · 66

세쿼이어 길 · 69

촛불 바다 · 71

촛불 혁명 · 73

할머니의 들판 · 75

까치집 · 77

주말 농장 · 79

소리꽃 · 80

고민 · 81

3부

파도처럼 서거라 · 84

시詩 · 86

다랑쉬동굴 · 87

시인詩人 · 89

힐링 · 90

친구 · 91

그리움 · 92

흔적 · 93

아들의 손을 잡고 · 94

남 · 95

치의 전역수첩 · 96

아 선수 · 98

산 단풍 · 99

· 101

봉 상고대 · 102

103

/ 정수남

와 역사를 아우르는 소시민의 포에지 · 105

/ 고광식

에서 성찰로 · 127

육체의 푸른 등이
바람의 이파리를 씻는 동안
계절이 탔다

고소한 맛을 낼 수 있을까
오랜 기억의 텃밭에서
레시피가 연기를 피운다

처음 차리는 밥상
새벽을 뜯어
오감을 드레싱 해본다.

2019. 12. 남산 아래서
이 호 근

파도에 그리는 편지 1부

황 태

진부령과 미시령 넘은 눈구름은
남녘 보릿대가 푸른 손 밀어 올릴 때까지
용대리 북천강변 골짜기마다
솜틸 눈 뿌려댄다

북태평양에서 거진항 이르러
바다가 눈길에 미끄러지면
황제를 꿈꾸듯
마른 꽃대처럼 속이 텅 빈
상처 흔들어
덕장의 바람과 햇볕을 먹는다

석 달 동안
뼛속 칼 긋는 겨울바람에
차돌처럼 단단한 몸 웅크리면

히 눈꽃에 부딪친 햇볕이

  린 몸 다시 풀어놓는다

  의 체온이 내려가면 강태

  지면 백태

  번의 긴 터널 따라 허물 벗고 나면

  던 바다 기억은 얼어

  와 햇볕으로 제 몸 도리고 우려

  지의 아버지, 그 아버지의 아버지

  은 골짜기 깨워

  어서 紅東白西 한가운데

  로 앉아 설법을 하고 있다.

등대

허리 한번 제대로 굽어본 적 있는가
해풍 쓸고 깎는
비린내 톡 쏘는 눈빛
평생 단, 한번 껌뻑 졸아본 적 있는가

몇 날은 비단길 같다가도
속 헐고
바닥까지 젖혀지는 것이 바다라네

찢겨진 그물
오징어, 멸치 떼
싸그리 태풍처럼 빠져나가도
구름처럼
다시,
떼 지어 모여드는 것이 바다라네

그
그　　　이라고
어

또　　척 눈 한번 찔끔 감을 수 있겠는가

파도에 그리는 편지
— 김만중의 유배일기

파도가 목구멍 문턱 넘어
솔잎 피죽 가슴 후벼 되돌아갑니다
그게 하루 이틀인가
되돌아가는 파도의 손바닥에
팔십 노모의 안부 몇 자 쥐어 보냅니다
수없이 썼다 썰물로 풀어지는
수평선 너머 흐린 글씨가 언젠가
푸른 이파리 내밀어 지족해협을 건널 것입니다

오늘은 우물도 파고 물 한 종지와
소금 절인 솔잎 한 움큼 씹다
저물녘 햇덩이를 물고 있었습니다
사방 파도소리와 바람에 맞서 보면
두 눈에 박힌 작은 모래알에서
꽃망울 먼저 드미는 세상사 주렁주렁 듣습니다

구 █ 러 바람의 속옷을 입어봅니다
부 █ 듯 휘청이다 제자리 돌아서는
대 █ 곧은 말씀의 뿌리에 온몸 기울여 싹을 틔
워봅 █ 다

한 █ 뜻했다가 이내 식어버리는 아랫목 보다
불 █ 지 않아도, 한 겨울 파도가 실컷 누웠다 가도
그 █ 푸른 살 돋는 솔잎 댓잎 같은 날이 좋습니다

한 █ 정쟁政爭의 팽팽한 매듭 같은 들판에 서면
하 █ 야생의 풀씨처럼
금 █ 땅 속눈 꼿꼿이 뜨는 것을 어찌합니까
나 █ 은 말 마디마디는 오늘 밤 푸른 눈 비벼
결 █ 듭지 않을 것입니다
소 █ 션 푸른 물빛지어 흐를 것입니다

기억해주십시오

파도에 씻긴 세모 네모 마름모 각진 돌들이 서로

이야기 둥글둥글 굴려 노도* 바닷가 걸어갑니다

주름지는 기억의 수평선 위로

꼭, 그 날이 괭이갈매기처럼 날아오를 것입니다

어머니!

창 밖 파도 꿰매는 삯바느질 소리가 가랑비처럼

스며드는 밤입니다.

---

* 노도 : 서포 김만중의 남해 유배지 섬, 지족해협 : 남해 앞 바다.

미   한 놈

망   터진 지
시   만에 병원에 갔다

민   트로 타들어가
합   내장
검   한 눈웃음 빡빡 닦아 출근했단 말이지

업   창밖으로
첫   가맣게 뿌려대는 날
마   낼 무렵
지   자처럼 똑똑 다가온 집도의가
봉   상처 실밥
병   처럼 차갑게 조이고 닦아내며
마   곰탱이 표 주사바늘 같은 설교
를   사정없이 찌르고 있었단 말이지

좀만 늦었어 도를······
쓴 맛으로 드레싱하면서 말이지

문 밖 나서면
주인의 그림대로 그려지는
눈칫밥도 밥처럼 뛰어다니는 세상

비□□들꽃

비□□ 산을 만드는
도□□□* 언덕

안□□람 무릎 접는
비□□숲 모퉁이
나□□지 꺾는
비□□살갗 구부리다
다□□
빡□□못 내린 채
비□□로 흩어지는 것들

비□□ 실을 꿰는
금□□씀바귀, 민들레, ……

---

* 모□□□ 전주에서 진안으로 가는 국도 26번 도로, 해발 300미
터□□□대.

푸른 차선 살펴보니
바람에 뿌리가 나있다.

앵두

실□□ 깨우는
길□□이 앵두나무 한 그루
기□마디마디
성□비 하나씩 물고 있네
봄□이 바스락 소리 그으면
온□불붙을 기세

잠□말러드는 추위의 언덕배기에
슬□는 떴다 감네
감□있는 순간에도
열□ 할 때 생각하네
섬□ 열어
열□하나 만들지 못하고
□□만 무성히 피웠던 것 기억하네
□□터 봄까지

굳은 체온이
눈 감고 있는 사이
물오른 바람이 술렁거리네
찬바람 담벽 문질러
연분홍 날개 목청껏 켜는
튀밥 꽃 함성

감고 있는 순간에도
무수한 바람 다독여 걸러내는
숱한 울렁거림을
이제 소리쳐 볼까요?

옹   른

철 흙의 속살 먹어보셨나요?

흙 물과 바람으로 간을 맞춰
천   럼도,
열   십팔 시간 졸여보세요!

안   밤,
남   트는 물빛 바람소리
남   및 들리나요?
그   리 결
한   한 겹 혀의 연필로 풀다보면
ㅂ   가지 삭혀
꽃   아처럼 탱탱한
아   의 손맛 그리움으로 우러나는 저녁

23

퇴근길, 편의점 탁자에 기대
달빛을 깔고 앉은 밤
햄버거 한입 물자
고추장, 김치가 혀끝을 뛰어 다닌다

성질 급한 것들이 우르르 반항을 한다

새콤하게 익어가는 중이다.

비   에 벼린 노래

마   산* 숫마이봉 허리

어   시가시

일   하나 날려 바위 틈배기에

뭣   를 심었지

산   톱질하는 바람

산   들어

위   솟는 뿌리

햇   달구어질 때마다

바   되었지

한   뿌리 낮춰

---

* 마   (馬耳山): 전북 진안군 마령면에 위치하고 있는 돌산으
로   이봉(685m)과 수마이봉(678m)의 두 봉우리가 마치
말   귀를 닮은 형상이라 해서 마이산이라 불림.

키 자란 몸부림 벼랑에 서서

가랑잎 목구멍

날선 침묵으로 들숨 씹었지

바위를 깨고 나온

한 뼘 날개

암마이봉 부르는 한 그루 소나무

7　　강

1
시　들은 수수께끼처럼 안개 속을 흘러다닌다
저　　와 두꺼운 얼음 깃 올려
더　　단한 얼음벽을 쌓는다
그　　병조각 꽂고, 날선 창 세워
적　　고 감지기에 몰카로 빗장 지르자
울　　며 맴돌던 참새 한 마리 그물망에 꿰인다

2
어　　날
봄　　에 겨울까지 보이지 않던 옆집 독거노인 김씨
1　　급차에 길 나선다
그　　김씨는 보이지 않고
먹　　남은 라면 가닥이 양은냄비에서
쇠　　처럼 꼿꼿이 눈 부라리고 있다

3
새벽녘
울창한 불빛이 한강으로 첨벙첨벙 뛰어든다
밤새 마모된 몸에 시린 담금질을 한다
담금질할수록 시력은 마이너스 각질로 자라
뜨건 한 낮에도 두터운 외투를 입고
수수께끼처럼 도심 유유히 흘러 다닌다

언제부턴가
나의 시력도 점점 각질로 자라고 있다
각질의 시력을 높이기 위하여
오늘도 슬며시 담글질하고 있지 않은가?

직[ ] 사슴의 섬과 약속
— [ ]도 조용필 자선 공연

오[ ]은 춤추고 노래하고 싶어요

몸[ ]나눌 수 없어도
앞[ ]안 보여도
발[ ]명확치 않아도
국[ ]록도병원이
30[ ] 섬마을 노래방이 되었다
손[ ], 다리 일부가 없고 앞도 보이지 않지만
82[ ]용덕 할머니는 휠체어에 앉아 스르르 어깨
춤을 [ ]
71[ ] 병원의 터널에서
눈[ ]러 삭정이 같은 솟대로 꽂혀있었지만
무[ ]에서 마지막 신 굿처럼
온[ ]타래 풀어 훨훨 날리고 싶었다

이방인의 땅 소록도小鹿島

형체를 알아볼 수 없는 얼굴

문드러진 손, 쓱 내밀면

안개처럼 섬에서 멀어지고 지워지는 그대들

1년 전 약속을 지키기 위해

조용필이 친구여를 부른다

객석에 뛰어들어 300명 관객과 마음 한 땀 한 땀

수를 놓아 먼지 낀 한恨을 쓸고 닦아낸다

손을 어루만지고 얼굴 비벼, 묵정밭 화음으로 일
구자

한 평생

안으로 오그라져 굳었던 것들이

슬며시 펴지기 시작한다

단 하루만이라도 웃을 수만 있다면

지   │ 순간만이라도 친구가 될 수 있다면
마   면
작   짓 하나로도 금세 여울져 이웃이 되는 것을
…
행   세요
또   리 봐요 친구여 !

머니 뭐니

잠잘 때도
뇌에서 시계 바늘이 떨고 있다
시간의 첫차 가지가지
전신에 링거 초침 지르고
서성이는 대뇌에 거미줄처럼 주문을 얽는다
명령어가 몽당연필이 되어서야
샐리의 법칙을 덮고 등걸잠 벽에 붙이지만
잠자는 순간에도
새벽잠 조각하는 칼끝은
나노의 빈 틈바구니에 또 다른 초침을 깎아 넣는
다

초침처럼 박혀있는 빌딩숲이 짓무르거나
생각 숲이 나른해지면
가끔은 우주에서 카시오페아 창가를 들여다보며

우   초콜릿과 과일 스무디에 차도 한잔 즐기는
그대

지   아이와 SNS 교신을 한다
가   중한 것이 뭐냐는 질문에 서슴없이
머   니 해도 머니라고 한다
관   의 생리작용일까?

길   면,
굴   는 돌멩이도 동전으로 반짝일 때가 있다
묽   는 새벽, 노량진 인력시장에 껌처럼 붙어
덕   대로 비탈길을 밀어본다
이   짝 같은 시간의 비늘 벗겨질 쯤
수   장 갈고리에 찍힌 발목이 펄떡
일   뒤집어 까는 순간

한 끼 밥그릇이 고봉처럼 발효되는 포만감 속으로
곰곰이 생각해 보니, 머니 뭐니 해도 머니다.

이   의 지게

햇   를 지고 저녁놀로 돌아오는 길
우   녁 아궁이에 둘러 앉아
노   한 움큼씩 던져 넣고 있었다

잉   불 타오를 쯤
참   이파리 단발머리 틀어
미   득 부려놓는 저녁

길   무 땀 꽃
촉   어둠의 뿌리 털어
구   위 젖은 땀 널어놓으면
슬   눕혀진 하루

진   날
누   의 군불로 타들어가

조기 냄새가 빈자릴 채울 것이다
얼음 풀릴 때까지

이따금, 헛간에 누운 지게를
눈으로 툭툭 두드려본다
굳은살이 뿔처럼 일어선다
한 때, 들판을 뿌리째 짊어진 채
수많은 산비탈 언덕배기 넘나들며
희망의 무게 재고, 지어 나르던 기억 되짚어
구릿빛 눈
한 끼 흰 밥알처럼 눈을 뜬다.

젓[　]할머니

지[　]는 발자국도 젓갈로 담가놓는

노[　] 수산시장 류양선 할머니
한[　] 불 때는 법 없고
첫[　]나 삼년 버텨
소[　] 단물 내는 젓갈장사 사십년
서[　]해 남해
파[　] 소금 뼈 다듬고 버무려
늦[　] 추젓처럼 삭혀졌지만

섬[　] 멀어지는
썰[　]고 개펄 더듬더듬
눈[　]흘러
입[　] 글씨 쓰고
떨[　] 손으로 도장 새겨

짜디짠 젓갈 같은 길
스스로 깎고 깨물다 상처로 저무는 이들에게
온기 놓는
굶주린 구들 배 뜨숩게 달구는 기술 하나 만큼은
평생 잊을 수 없지

꾹꾹 절인 맵고 짠, 은비늘 홀딱 벗은 전 재산
젓갈 팔듯 홀쩍 덤으로 퍼주고도
하나 주면 열 배 스무 배
썩지 않고
확실하게 남는 장사는
파도의 비린내 벗기는 거지

지상의 얼음 그늘 밑
치어들 뿜어내는 햇빛 그리운 물방울 소리에

등 처럼 온돌로 눈떠

사 고 있으면

이 지구상에서

가 맛칠맛 우러나는 비결이기도 하지.

톤레샵 호수

황토 비늘 새떼처럼 날아오르는 호수
수평선 등줄기에 부표처럼 누웠다가
찌그러진 양동이 배
스콜 사이사이 햇빛 그물 튀어 올라
하루 수십 수백 번
유람선 파장 이랑과 고랑 따라
목숨 뒤뚱뒤뚱 접었다 펴는
아홉 살, 열 살 소년 소녀
낯선 이방인의
꽁꽁 언, 마음 지도
불리고 비틀고 흔들고 파고들어
목숨과 맞바꾼
원 달러를 낚아 올린다
학교대신
하루하루

가   흐린 날 건너야 하는
흙   뒤척이는 톤레샵 호수*
그   먹고 마시고 배설하며
내   뿌리 희미한 물길 속으로
부   잠 이파리 발톱 세워
날   맑은 날 꿈꾸는 수상가옥
타   마칸 사막 여우처럼
물   혈관에 바늘을 잔뜩 꽂고 있다

---

* 톤   호수 : 캄보디아 씨엠립 중심가에서 약 14km 위치 아
시   대 호수.

출근중

지하철 안 공기가 팽팽하다
틈새마다 날선 센서는 편서풍으로 감지중이다

2호선
손잡이에 중심 들려
시계추처럼 흔드는 한 사내
한눈에도 알 수 있는
지난 이력이 갈비뼈처럼 툭 불거져있다
모퉁이를 돌 때마다
이력의 나사못이 헐은 몸을 삐져나온다
몽키 스패너는 침묵중이다
묵은 기계기름이 몸통 마개 열어 쿨럭거린다
가득 채운 의자들이 출렁댄다
한 여자가 의자에서 튕겨 나온다
사내는 반사적으로 빈곳을 틀어막고

늙은 ... 잎 가까스로 감아놓자
시... 는 다시 거꾸로 서서
오... 운세 주문처럼 좌우로 흔들어댄다

새... 곱 위로
시... 의 무게 소복소복 쌓일수록
멈... 않는
저... 름 절인 추

내... 을지로3가 환승역에 내렸을 때

시... 종점이 없다는 것을 알았다.

개미마을

더 이상 기어오를 절벽은 있는가

바람기둥 사이사이
칠 벗은 태양 방앗간 간판, 녹슨 양철 조각
벽, 지붕, 울타리 두른
인왕산 기차바위 아래 달 물드는
한낮 고개 숙인 갈증들
저물녘 옹기종기 달맞이꽃처럼
하나 둘 허리 펴는 홍제4동 산 번지 개미마을
등산로 따라 통증처럼 부은
그을린 시선
우듬지 내려와 달빛을 따라 마신다

산비탈 잡초로 앉은 지
이십년, 삼십년, 반백년

구   밑 고인 계곡물은
지   력 여과 없이 빠져나온다
삭   흔적 눈, 코 달라붙는
잡   럼 서로 기댄 낯선 풍경 숲
서   닥여 뿌리끼리 단단히 묶고 있다

달   올라오르는 저녁식탁
오   메인 메뉴는
달   이 숙성된 햇볕 찜이다

복숭아

바람과 햇살의 운율 켜는 연분홍 볼
땀띠 돋는
햇살 볼록한 여백을 뚫고
갓 까고 나온
부숭부숭 뽀얀 살결의 비너스

혀끝이 간지럽다
위장이 수군댄다
한입 문 동그라미의 파장
가슴 한가운데 굴러
흘림체로 옷을 벗는다
전신으로 퍼지는 파릇한 상처의 울림

태풍을 깎은
풋풋한 지난 밤들

파   달그락거린다
태   손등은
또   마나 쩍쩍 금이 갔던가

안   달콤한 양수 햇사레 가둬
발   치로 달랑 버텨온
초   롱한 날들
한   을의 축축함과 뜨거움으로
발   한 육즙
무   살 차오르는
부   같은 미소
차   더는 깨물지 못하겠더라.

파도에 그리는 편지 2부

어머니의 장날

무궁화 피는
새벽잠 꺾어 집을 나섰다

진안, 마령, 부귀, 정천, 백운
오일장 팽이처럼 돌아 멍꽃 피었다

달빛이 이파리 숙이고야
달물 든 보따리
풀썩 토방에 내려놓는
제 몸보다 갑절 무거운
알곡의 등줄기에서
식지 않은
체온의 파편들 아침까지 뜨끔거렸다

숨차오는 식욕의 끼니마저

한   의 땀을 저울질하며

맹   위장을 희석시켰을

한   쩽쩽한 무게

새   아래 드르렁 댈 때 마다

달   휘청대는

식   의 촘촘한 그물

이   인 첫새벽 걷어

다   차로 훌렁

어   쓸고 가는 뒷그림자

어   목들

푸   찰랑 덮는

한   세월 굽은 무궁화 그늘이다.

어제 오늘 내일

어제를 찢어
돌아온 길 위에 뿌렸어요
흰 눈송이처럼 타올라 바삭바삭 흐려져요
넘어지고 꺾이는 것에 익숙히 긁혀가는 내가
지도 지긋지긋 지우고 싶었나 봐요

그러고 보면
돈 없고 빽 없고 집 없는 내가
하루 벌어 알약 같은 술로 탈탈 털어 넣은 날들이
동전처럼 자꾸 짤랑짤랑 거려요
어쩜, 평생을
머슴살이와 지게꾼으로 버텨온
피의 대물림이
오늘의 혈관 꽉꽉 채워
아침이 시큼하게 부어있어요

그   보면
오   란 놈은 지독해졌어요
송   모녀가
가   고독의 독촉장에
마   집세와 공과금 칠십만 원
뽀   우려 놓고
오   , "죄송하다"는
마   앙상한 뼈마디 같은 편지 가지 끝에 앉아
온   들이
나   럼
번   불끈, 끌어안은 것을
지   우두커니 보고만 있어요

그   보면

내일의 내가 더 지독하게 궁금해져요

숲   소나타

눈   들으니
눈   라래진다

귀   니
귀   해진다

접   풀잎 넘기니
누   것들 붉어진다

팬   프처럼 빼곡히
숲   울리고 내려 메아리치는 해거름

작   나무 큰 나무
얼   물 구르는 소리

운장산 북두봉 오름길
갈참나무 아래

연신 닦아내는 땀 속을
물어물어 걸어 들어가 보니

그제야 보이는 것 같다
이제야 들리는 것 같다.

무

태　　다 먼저
초　　롱 새벽 눈 들어
가　　로
이　　 피우는 저, 경건한 기도
기　　 마르자
분　　플러
줄　　 말문 터
햇　　 물관 타고 ㄱㄴㄷㄹ 차오른다
바　　 수맥 타고 ㅏ ㅑ ㅓ ㅕ 날아오른다
벌　　 새
발　　까지 빙빙 수다 떠는
분　　 비 주룩주룩 쓰고 읽는 여름에서 가을
가　　개 굽이굽이
분　　피커 켜있다

종일 절벅절벅
땀으로 눕는 저녁

날품을 접고
신 김치처럼
방바닥에 눌러 붙은 아버지

이슬이 마르자
다시 뻣뻣이 부풀어
보송보송 대문을 걸어 나가신다.

가   의 겨울나기

살   팅기는 어슴새벽
가   우듬지 너머
물   트는 손, 발, 입
탱   식욕 커는 연희로 플라타너스
검   새벽 잔뿌리 깨워
수   손금 하늘 들길 향해 물꼬 튼다
가   다 물 끓는 욕정
취   업 인부 전동 톱날은 가로등 밑
눈   끌어 정관수술을 강행한다
단
정   럼 말문 뚝 닫힌 플라타너스
머   팔 뭉툭 잘려나간 허리춤에서
ㄴ   가 선명하게 일출을 쪼고 있다
출   길, 플라타너스 스칠 때면
벙   무 가지 흔들어

뱁새, 참새, 까치 소리 숲 굴려

아침 한 상 푸지게 비벼내던 플라타너스

패인 근육의 절개지로

새들의 부리 닫힌 탁 트인 거리

여느 때처럼 길을 걷고 또 색도 칠해보지만

한번 상처 입으면 쉬이 곪아

이파리 하나 제대로 짓지 못하는

내 투덜거리는 삶의 부스럼 난간,

잘려진 나이테가

부스럼 덥석 깨물어

벼랑 끝 애무 망치질한다

옹이에서 새 우듬지 천둥번개 쳐

번쩍, 각질을 깬다

제 스스로 처방하고

복원술 너끈히 해내는 것 아닌가?

개   꽃

세   르고
하   꿈꾸고 있는 저것

쓰   더미 한가운데 세 들어
포   인 바퀴 바짝 서서
한   이 손 흔드는 뱃심

썩   냄새에
뒷   척 지나치다
끌   게 소리 같은 미소에
떠   렸다.

이하 형에게

상경해서 처음 묵은 곳이 똥골마을이다

서대문형무소 뒤 안산 중턱

혓바닥 빼고 사는 똥 튀기던 곳

호박꽃처럼 일어나

떼먹은 임금 팔 할이 넘는 잡지사 기자

애호박처럼 매달려

그래도 호박죽은 끓일 거라 생각했다

익기 전 꼭지 따는

상식이 눈깔 뒤집는 똥간 같은 벽 오르내리며

민주화운동, 세월호, 촛불집회, …

정의의 나무 물댈 일이면

밥줄은 말랐어도

가장 먼저 눈물 받아 끓여내는

지랄 같은 그 것이 기자 정신 아닌가

땅바닥에 누운 날들

팔 　 　넘는 줄도 모르고
빈 　 　만 두드린 날이
벌 　 　십년이다.

관방제림

삼백 살 선비들의
글 읽는 소리 우렁차다

땀비 내리는
담양천 둑방길 근엄하게 앉아
큰 붓 휘젓는
내공의 푸른 그늘

또박또박
영산강 종이에 써내려 간다
푸조나무 팽나무 물살 헤쳐
바람불면
초서체로 번졌다가
일정한 간격 밀고 당겨
제 위치 단단하게 날개 펴는 정교한 글씨체

바람   면
삐딱   게 구겨지고 흐려지는
내   구석구석
당치 후려치고 있다.

메르스(MERS)

중동산 낙타의 기침에 뿔이났다
그 뿔에 받친 사람은 치사율이 40프로

뿔은 제멋대로 자라
아라비아반도 붉은 모래폭풍으로 건너
초등학교 2,600개가 휴교중이다

이 난리 통에 왠 회식이냐고
신문들은 기사를 쏘시개처럼 날리고
상인들은 발길이 끊겨 문을 닫아야만 한다고 아우
성이다

출근길 지하철, 버스 작은 기침 소리에
경계의 눈빛, 벨 것처럼 날이 섰다

14 자의 진원지
대 국 대표 삼성병원이
14 째 확진 일로 폐쇄를 했다

발 병원이 도대체 어디인지
극 마스크 씌워
매 이 우왕좌왕 의식을 잃은 사이
그 종족 본능을 발휘
야 뿔 마구 들이대고 있다

20 신종플루,
20 세월호 침몰
돌 면 기억의 파편들 흐물흐물한
오 땅

아들이 지어미 병문안을 왔다
아라비아 붉은 모래밭에 묻혀
여전히 출구를 탐색 중이다.

메   쿼이어 길

단   같은
카   목
프   스 언덕 아래
이   피어나는 풀길 따라

안   품 반짝이는
실   의 푸른 머릿결
직   높이
아   하늘 말씀 수직으로 쏟는
아   리
굵   뿌리 쓰고 있다

끝   이지 않는 숲
눅   삶
헌   름 지고

기억이 타는
고요의 땅 터벅터벅 읽고 가면
밟히고 눕혀진 것
속부터 맑아오는
길 끝 정수리
이끼처럼 새파랗게 되살아난다

그 제야
구름도 보이고
무뚝뚝한 비바람도
살갑게 맞들어
빈속 찰랑찰랑 새순 돋는다.

촛□□□다

믿□□ 부도났다

믿□□□니
그□□의 오랜 전통이고 관행이었다
누□□,
허□□작 피지 않는
비□□의 정상화
유□□아를 외치던 밥그릇에 황당한 금이 갔다

묵□□ 새벽 땅 갈고
종□□ 따른 죄
추□□ 끝난 지금, 멍 때리고 있다
가□□지 헛 삽질한
쪽□□ 같은 빈들

71

눈 내리는
언 땅 뚫을
정의의 파릇한 씨 나락은 없는가

광화문에서 제주까지
도시, 농촌
의(義) 좋은 토종의 씨앗을 다시 심고 있다
천만 촛불 바다
눈보라 비바람 태우고 있다

한겨울, 대숲을 잠시 걸어 보라
밟혀진 뿌리
까마득한 하늘 뜻 반듯하게 박혀
지상과 지하
사철 푸른 눈 한 통속인 것을

촛불 혁명

누
바   불면 꺼진다 했다

광   광장,
가   로 불붙은 혁명 같은 촛불

두   개기 유모차에서 구순의 굽은 지팡이까지
이   장군 휘하
천   촛불군 눈알이 뾰족해졌다

썩   속
디   때까지
녹   않는 총성 없는 정의
세   대왕이 한줄 한줄 받아 적을 때마다

흰 눈처럼 소리 없이 자꾸 쌓이고 있다.

할머니의 들판

가늠   아득한 뿌리 너울지어
가늠   물 움트고 있었지, 늘

삽   을
아   이동임 할머니
열한 살에 시집와서 열한 명의 자식을 낳고
시   모 시부모 서방 층층,
바   대는 다랑 논 밭
들   럼 날품 깁고 덧대었지

들   이슬 말아 부풀고 영그는
들   아
논   밭두렁에
뼈   나 둘 심다보니
잠   해도 들깻잎 온몸 뚫어 싹트었지

들깻잎 한 장씩 솎아 내면
붉은 살점 풀물 든 새벽
꿈속까지 낟알이 서고 여무는
잡풀 무성한 새벽별 베어
하루치 두렁 딛고 서면

파고드는 주름진 고랑으로
설익은 낟알들아

푸른 씨앗 눈 뜨고 있는 한
잡풀에 잠기기 전
마지막 숨소리
누런빛 익을 때까지
휘모리 손 장구 바싹 달궈야 혀

까치

바람 둥글게 말고
장마 는 껍질을 까서 버리는 거야
나 기 활처럼 뜨끔하게 휘어
눈 밀고 들어올 때
낭 공중의 이력들이 빗줄기처럼
정 를 타고 내려오는 거야
바 이 뺨에 차선을 긋는 양재대로
장 에 끼어
플 너스 가로수 머리 끝
자 소리, 비바람 가지 엮은
중 를 써보려니 눈에서 가지가 뻗는다
꿈 는 어미 까치 겨드랑이로
빗 쪼아대는 설익은 날갯짓이
머 빳빳이 푸득이는 거야
퇴 , 전깃줄이 가구 수보다 어지런

인왕산 홍제동 골목

다섯 식구 지하 단칸 방

뜬눈으로 저녁을 퍼내다

넘친 빗물 벌컥벌컥

머릿속 모든 스위치가 곰팡이 켤 때

날아다니는 빛들이 짭조름한 거야

저녁이 뿌리째 들린 구덩이를

밑만 보고 땜질해보니

축축한 벽들이 투덜거리는 거야

햇빛까지 가는 길이 있긴 있는 거야?

주　　통장

두　　리 텃밭을 분양받았다
오　　추 토마토 무우 배추 ……

일　　계획서
심　　전 싹이 났다

머　　나
잡　　빼곡하다

머　　눈 비비고 섰던 것들
풀　　잔뜩 흐려있다.

소리꽃

지리산 사각사각 눈뜨는
여울물 소리
소리꽃 콸콸 피는 그 길 걷고 싶다

하늘 빛 살아

가슴 고랑고랑 톡 톡 톡
치고 박고
붉어 소리치는 지금

고ㄷ

은ㄹ　을에서 못골마을 지나
수ㅅ　가는 길
네 　기 여자 아이가 버스를 탄다
숲ㅅ　은 나무처럼 서서
버　무거운 몸 곡선에 부릴 때마다
나　듯 여린 이파리 흔들다
팔　아버지에게 뚝 떨어지는 말
할　지 미워
자　양보 안해 주고
우　아버지는 안 그런단 말야
아　엄마표 팔뚝 힘줄 푸른 나뭇가지에
자　럼 척 달라붙고
할　지는 한참을
미　지는 차장 너머
단　성큼성큼 내려오는

대모산 떡갈나무 숲 속을
비틀비틀 헤집고 걸어 들어가고 있다.

파도에 그리는 편지 3부

파도처럼 서거라
─아들 만중에게

달빛 깁다 눈을 꿰었다
달이 바늘처럼
눈에서 자라고 있다

달이 새겨진
저녁 잎 계단 올라
고요의 뼈 발라내는 달맞이꽃을 본다
뜨거운 관절 지나
소금기 마른 기억의 풍선 불어
어둠의 꽃술 켜는
달맞이꽃 숨차게 반짝이는 군무
풀물 구르는 바람과 어둠이 눈부실수록
나비 떼 훨훨 날아
뿌리째 껴안고 싶구나

오늘
새ᄇ　　잘게 썰다
가　　쪽 툭, 잘린
마　　고목처럼 서서
달　　미한 먼동으로 사그라진다

네가　　고 있는
삿　　* 파도 바닥까지 훑어 파도처럼 서거라
파　　,
수　　너머 지평선까지 걸어
꽃　　피고 있지 않느냐

---

* 삿갓　　서포 김만중의 마지막 남해 유배지 섬으로 삿갓섬 또
　는 　　라고 불림.

시詩

어둠 달인 이슬꽃이다
내 속 훤히 훑어내는
빨려 들어가는 우주

다랑쉬동굴

바 서 비린내가 났다
총 욕 바람에 끈적이는
종 , 하도리 마을

마 들 바위처럼 주저앉아
붉 람 빨고 있다
가 은 호미자루 같은 몸뚱이

뛰 막다른 다랑쉬동굴*
박 럼 눈 떴을 때
화 럼 뜨겁다

---

* 다 동굴 : 제주 구좌읍 소재 다랑쉬 오름 근처의 10평 남
 짓 굴, 제주 4·3 사건 당시 민간인 열 한구의 시신과 생
 활 유품이 발견됨.

겨우살이 같은 봄날을 꿈꾼 건 잠시
무우 구덩이처럼 박혀
끓는 연기 둘둘 말은 여인의 품안

젖먹이 울음 둥글게 굳어있다
은하수를 빨다
화석처럼 딱 붙어 봄을 기다린다.

시인 人

시인 언어를
다　　것이 아니다
물　　것이다.

힐링

새벽부터
들풀, 강물, 바람을 먹었다
붉은 해
배설할 때 까지

친

언제 던가
달 꽃이 좋다
피 게 돌아오는 길
어 어
눈 촛불 하나 들고 있는 너

그리움

눈 길 쓸어보고 싶을 때 있다
눈사람처럼 서서
강물이 금가도록
처마 끝 고드름 눌러 편지를 써보라.

혼자

바람이 수군거리고 알았다
떨어진 낙엽 하나
나무 아래 추억을 묻고 색을 칠하고 있다.

아들의 손을 잡고

초등학교 일학년 아들의 등굣길
기정떡 같은 눈 밭
둘만의 이야기
팥고물 뿌려 걸어가고 있다
하얀 모자 쓴 길가 화살나무 보고
착한 나무 심어야 착한 나무 되지요? 라고
물어온다
한참을 망설여
'그럼 그럼' 아기돼지처럼 목청껏 꿀꿀대자
깔깔대고 깡충거린다.

송정

냉○○이 목탁을 치고 있다
혜범○님 출타 중이던 날
백구○ 마리
흰 ○신 깔고 묵언 수행중이다
냉장○를 열어보니
반죽○은 서울 장수막걸리
신문○로 헐겁게 막혀있다
마○ 씀바귀 뜯어
목○○이려니
사○ 스님들이다.

아버지의 전역수첩

구삼오공칠칠오
첫 면접 때
아버지 군번이 불쑥 튀어나왔다

하루 중 오 할은
탄창에 장전된 이야기
육이오 포성처럼 집안 곳곳 자욱하다
파편에 골절된 전역수첩에서
상흔처럼 희미한 군번
식탁을 맵고 짜게 비벼 접시에 담긴다
밥알보다 먼저 입천장에 박힌 숫자들

북어처럼 수첩은 푸석거려도
외출할 때 맨 앞 아버지 손에 쥔
육탄전 같은 전우의 함성

방어□처럼 찰칵 길을 텄을 것이다

방□□으로 풀 수 없는
생□□ 덤불 속을
흉□□로 진군하여 일어선 것도
조□□란 둥지 사수 위해
서□□어깨와 다리 포갰을 것이다

임□□국원에 모신지 십삼 년
유□□ 전역수첩이 전부다
풀□□기 불안하게 떠다니는
불□□ 같은 남북 경계선
침□□ 별들 욱신거리지 않도록
군□□피겠습니다.

김연아 선수

한 동작을 일으키기 위해
만 번의 쓰러짐이 있다

고치는 것은
자신을 깨우는 것

두려워않는 것은
아문 상처가 더 우아한 것

몰입하는 것은
숨겨진 능력을 끌어내는 것

그 것이
빙판 위에 나를 그리는 것이다.

내□□ 단풍

푸□□마의 협곡을 지나 우주를 끓이는
저□□상에서 가장 들썩이는 어깨춤이다

누□□ 포옹하여 고뇌의 무늬를 걷어내는
저□□상에서 가장 지워지지 않는 스카프다

비□□ 햇빛 주물러 간을 맞추는
저□□상에서 가장 맛깔스런 빛깔이다

달□□겨내 벌겋게 기도문을 쓰고 있는
저□□상에서 가장 뜨거운 경전이다

나□□다 표현하는 문장은
비□□ 햇빛 달의 언어에 따라 다르지만

생각의 무게 안아주는

초롱초롱한 눈빛 추는 어두워져도 켜져 있다.

들풀

풀잎
어디   서는 것은
발   서 불러주는
따   흙의 노래가 있기 때문이다.

향적봉 상고대

천년 묵은 구상나무
투명 옷 걸쳐 합장을 하고 있다
눈발이 쏟아진다
발자국 똑똑 두드리니
하얀 싹이 눈을 뜬다.

말

말　색깔이 있다
말　향기가 있다
말　체온이 있다
말　촉감이 있다
말　들을 수있다

말　생각을 한다.

해설
시대와 역사를 아우르는 소시민의 포에지
정수남(소설가 · 시인)

1. 들어가는 글

사람에게는 저마다 그 사람만이 걷는 길이 있다. 시인도 마찬가지이다. 한 가지 분명한 것은 고 문덕수 선생이 말한 것처럼 시인이 걷는 길은 늘 혼자라는 것으로, 이는 시인이라면 누구나 가슴에 안고 살아야 하는 숙명이라고 할 수 있다. 그렇게 볼 때 내가 아는 이호근 시인이 걸어온 길도 거기에서 예외가 될 수는 없다. 정년퇴직을 눈앞에 둔 공무원으로 살아오면서 자신만의 길을 걸어왔다는 것은 그의 첫 시집에 실린 50여 편의 시편들을 살펴보면 더욱 분명히 알 수 있는 일이다.

그를 아는 지인들은 타인 앞에 나서기보다 뒤에

서기를 □다하지 않는 그를 가리켜 황소 같이 우직한 사□□라고 부르기를 주저하지 않는다. 사실 갑자가 □□ 그의 삶을 반추해보면 과히 틀린 말은 아닌 듯□□. 어쨌든 매일 아침 출근하여 종일 근무하다가 □□름이 되면 소주 몇 잔 걸치는 일상을 수없이 반□□면서 황소걸음을 걸어온 것만큼은 틀림없는 시□□니까…. 그렇지만 그는 다른 사람들처럼 그냥□□ 세월을 허송하지는 않았다. 그가 남다른 시심□불씨를 가슴 한 복판에 간직하고 있었다는 것은 □□에 상재한 첫 시집을 통해 분명해졌다. 그러니□□는 그동안 세상 속을 걸어가면서도 무관심으로 □관한 게 아니라 주변에서 일어난 아주 사소한 일□□ 물론이고 역사와 아울러 시대의 부조리와 모순□□대한 아픔과 저항, 소시민의 애환, 고향과 가족에□□한 추억과 사랑 등을 남몰래 한 땀 한 땀 심장에□□고 있었던 것이다. 그래서 그럴까. 이번 그의 시집□체를 관통하는 시편들은 소시민의 시선이기는 하□□만 세상을 외면하거나 에둘러가지 않고 직시하면□□ 그 속에서 함께 웃고, 울고, 아파하고, 사랑하고□□로워하고, 분노하고 있었다. 다시 말하면 대부분 일인칭 시적 화자인 '나'는 곧 이호근 시인 자신이라고 할 수 있는데, 말수도 적고, 또 말을 하더라도 나지막하고 지극히 부드러운 그가 이처럼 무심한 듯 무심하지 않게 황소걸음을 뚝심 있게 걸어왔다는 것을 우리는 다시 한 번 확인할 수 있었다. 그는 어쩌면 이를 축하하며, 한편 의아해하는 모든 이들에게 '색깔'과 '향기'와 '냉온'과 '오감', '생각'을 가지고, 걸을 수 있다는 그의 시 〈말〉을 통해서 한 마디로 요약 압축하고 있는지도 모를 일이다.

그런 의미에서 볼 때 등단과 동시에 시집을 상재할 만큼 '빠른 문화'가 대세인 요즘의 시단 풍조와는 달리 등단 7년 만에 첫 시집을 풀어낸다는 게 다소 늦었다는 느낌이 없는 것은 아니나 황소란 본디 느리지만 천 리를 걷는다는 말을 상기하면 반가운 일이 아닐 수 없다.

2. 소시민의 삶에서 건져 올린 구체적 서사와 깊이 있는 의식

시는 사람의 이야기를 사람이 쓰고, 사람이 읽고, 사람이 감동을 받는 언어예술이다. 그런 까닭에 시에서 시가 생명력을 발휘하는 것은 그 시인의 시세계에서 그려내는 구체적 서사성과 시인이 말하고자 하는 것이가 메타포를 통해 전하는 공감대 형성이라고 할 수 있다. 따라서 시인의 눈에 비친 우주 만상에서 시가 되지 않는 것은 없다. 그런 점에서 보자면 이번 시인의 시편들이 지닌 특성 가운데 첫째의 미덕은 뚜렷한 주제와 구체성을 띠고 있다는 게 될 수 있다. 그 가운데에서도 특히 그는 시적 발화점에 서 있을 때의 일상과 과거의 의식을 스스로 가감없이 펼쳐놓을 줄 알고 있다. 이때 주목해야 할 점은 그가 세상이라는 커다란 대상과 대립하면서 겪어야 하는 갈등을 혼자라는 고독과 좌절, 거기에서 비롯되는 슬픈 절망을 절망으로 수사하지 않고 오히려 긍정으로 그려내고 있다는 것이다. 견고한 시대와 시류에 동화되거나 주저앉지 않고 오히려 그들을

향해 두 눈을 시퍼렇게 뜨고 자신의 목소리를 내고
있는 그를 보면서 믿음직스럽지 않을 수가 없었다.
그것이야말로 밀릴 대로 밀려 더 이상 밀릴 곳이 없
는 소시민만이 참고 기다릴 수 있는 내면의 소리이
며, 관조와 자긍의 힘이 아니겠는가. 그것은 결코 패
배의식에서 비롯되는 게 아니다. 그보다는 오히려
끈질기게 기다림므로 승리를 쟁취하는, 살아남기 위
한 지혜를 이미 터득한 것이라고 봐도 틀린 말이 아
닐 것이다. 일테면 '등대'라는 시가 그런 시이다.

허리 한번 제대로 굽어본 적 있는가
해풍 쓸고 깎는
비린내 톡 쏘는 눈빛
평생 단, 한번 껌뻑 졸아본 적 있는가

몇 날은 비단길 같다가도
속 헐고
바닥까지 젖혀지는 것이 바다라네

찢겨진 그물
오징어, 멸치 떼
싸그리 태풍처럼 빠져나가도

구름
다시
떼 지 모여드는 것이 바다라네

그러 그믐밤이라고
어디
모른 눈 한번 찔끔 감을 수 있겠는가

—「등대」 전문

의 으로 그려진 이 시에서 시적화자는 등대이
며 동 에 시인 자신이다. '굽어본 적도, 졸아본 적
도' 없 등대가 '눈 한번 찔끔 감을 수 없는' 이유란
바로 망과 좌절, 어려움이 와도 결코 낙담하지 않
겠다 의지가 강하게 엿보이는 대목이다. 이와 같
은 부 의 소시민 의식을 그린 시편은 이번 그의 시
집 에서 쉽게 발견할 수가 있다. 「출근 중」의
일인 시적화자인 나와 기계기름 묻은 사내, 그리
고 적 배경인 전철 안에 거꾸로 서서 흔들리는
손잡 등도 소시민들의 삶을 구체적으로 그리고 있
다. 시에서도 시인은 '종점이 없다'는 것으로, 기
다 곧 인내를 시사하고 있다. 이와 유사한 시편

은「어제 오늘 내일」이라는 독백체 시에서도 찾아볼 수가 있는데, '넘어지고 꺾이는 것에 익숙히 길혀가는 나'는 송파 세 모녀의 죽음을 상기하며 내일을 더 궁금해 한다. 궁금해 한다는 것이 드러내는 의미 역시 극심한 고통 속에서 기다린다는 시인의 깨어 있는 의식이 아니겠는가.

그렇다면 시인이 이렇듯 일관성을 잃지 않고 깨어 있는 자신의 의식을 기다림으로 갈 수 있는 그 힘의 근원은 어디에서 기인한 것일까. 이를 밝히기 위해서는 먼저 4행밖에 되지 않는 이호근 시인의 짧은 시 「들풀」을 읽어봐야 할 것 같다.

풀잎이
어디든 서는 것은
발밑에서 불러주는
따뜻한 흙의 노래가 있기 때문이다.

−「들풀」전문

다시 말하면 흙, 날마다 발밑에 밟히는 그것이 그의 지칠 줄 모르는 힘을 받쳐주는 원천이 되고 있다는 것을 알 수 있다.

3. ㅁㅁㅁ을 통해 되새기는 뿌리의식

이ㅎㅁ ㅁ 시인의 시를 따라가다 보면 그의 시가 고
향에 ㅁㅁ를 두고 있다는 것을 쉽게 알게 된다. 고
달팠ㅁ ㅁ년으로부터 작금까지 고향에서 겪은 체험
을 스ㅁㅁ하듯 사실적으로 그려놓은 것을 곳곳에서
확인ㅎㅁ ㅁ가 있다. 고독한 자아의 앞을 견고한 세계
가 ㅁㅁ ㅁ을 때 그는 자신을 이해해주고, 사랑해주
던 ㅁㅁㅁ들과의 과거, 또는 그들의 지난했던 삶을 반
추하ㅁ ㅁ돌파구를 찾는다. 이와 같은 그의 체험적 사
고는 ㅁㅁ을 지치지 않게 하고 의식을 일깨우는 원동
력으ㅁ ㅁ작용하고 있는데 이는 '시란 정말로는 체험
이다 ㅁㅁ고 한 라이너 마리아 릴케의 말과도 무관하
지 않ㅁ ㅁ 사실, 모든 인식의 비약은 체험을 자양분으
로 하ㅁ ㅁ않으면 상상할 수 없는 것 아니겠는가. 따라
서 모ㅁ ㅁ문학은 체험으로부터 비롯된다는 주장에 동
의할 ㅁ밖에 없다고 본다.

앞ㅁ ㅁ도 잠시 기술한 것처럼 이호근 시인의 고향

은 전북 진안이다. 그곳에서 그는 특히 그의 뿌리가
되는 할머니와 아버지, 어머니 등을 추억하고 있다.
그들의 삶 또한 그 시절을 살아온 모든 이들의 삶처
럼 넉넉하고 풍요롭지는 못했던 듯하다. 이는 그와
같은 가족사가 구체적으로 되살아나 있는 그의 시
곳곳에서 확인할 수가 있었다. 장터를 향해 새벽잠
을 깨고 집을 나서는 어머니의 모습을 그린 「어머니
의 장날」과 갑실마을에 시집와서 논두렁 밭두렁에
서 평생을 살아온 아흔네 살의 할머니를 그린 「할머
니의 들판」, 그리고 헛간에 누운 지게를 보며 아버
지를 그린 「아버지의 지게」 등이 모두 다 그런 류의
시에 속한다고 할 수 있다. 그러나 그는 가난이나 곤
궁을 숨기지 않는다. 그러니까 그의 시 전체를 관통
하는 시적 포에지는 그와 같은 고향의 흙과 가족들
을 솔직하고 담백하게 표현한 그 속에서 태동되었
고, 생성되었다고 봐도 옳을 것이다. 이는 나아가 오
늘의 불안정한 삶을 조망하고 극복해가는 문제와도
유기적 관계를 맺고 있다. 이미 이 세상 사람이 아님
에도 불구하고 아버지의 존재가 그에게 얼마나 큰
무게로 남아 있는지는 「아버지의 전역수첩」을 읽게

되면 ㅁ... 극명하게 드러난다.

구심... 칠칠오
첫 ... 때
아버...ㅣ 군번이 불쑥 튀어나왔다

하루...오 할은
탄창...장전된 이야기
육어...포성처럼 집안 곳곳 자욱하다
파편...끊절된 전역수첩에서
상흔...림 희미한 군번
식탁...맵고 짜게 비벼 접시에 담긴다
밥알...먼저 입천장에 박힌 숫자들

북어...럼 수첩은 푸석거려도
외출...때 맨 앞 아버지 손에 쥔
육탄...같은 전우의 함성
방아...처럼 찰칵 길을 텄을 것이다

방아...으로 풀 수 없는
생포...덤불 속을
흉터...로 진군하여 일어선 것도
조그...란 둥지 사수 위해
서로...어깨와 다리 포겠을 것이다

임실 호국원에 모신지 십삼 년
유품은 전역수첩이 전부다
풀 한포기 불안하게 떠다니는
불발탄 같은 남북 경계선
침묵의 별들 욱신거리지 않도록
군불 지피겠습니다
　　　　　　　　—「아버지의 전역수첩」 전문

　이 시의 출발점은 면접시험으로부터 시작된다. 그
리고 마지막은 아직도 불발탄 같은 남북관계를 조망
하면서 통일의 일꾼이 되겠다는 시적화자의 굳은 의
지와 결심으로 끝을 맺고 있다. '군불을 지피겠다'는
여기에 보수나 진보와 같은 사상적 논리는 존재하지
않는다. 다만 아버지의 삶을 이어가겠다는 굳은 의
지력만이 남아 있다. 이처럼 아버지라는 불가결의
존재적 가치는 그에게 트라우마로 남아 그의 생애
전체를 지배하고 있다고 해도 과언이 아닌 것 같다.
이는 「무궁화」 등, 여러 편에 나타나 있는 '아버지'
에 대한 환영이 무엇보다 잘 증명해주고 있다. 그리
고 이는 이번 시집 전체를 아우르고 있는 곤궁과 불

안, 소시민재의 현실적 정서에 굴복하거나 절망하지 않는 ◼◼력이 되었을 뿐만 아니라 아들의 손을 잡고 이◼◼를 나누는 「아들의 손을 잡고」란 시에 나타난 ◼◼럼 다시 시인 자신의 가족으로 단단히 이어져 ◼◼가고 있다는 것을 알 수 있다. 그러니까 이호근 ◼◼은 도시의 소시민이라면 누구나 가질 수밖에 없◼◼가난의 정서를 고통으로 받는 것이 아니라 그것을 ◼해 극복해나갈 수 있는 새로운 길을 고향에서 ◼◼던 것이다. 그리고 시인은 그것에 머물지 않고 ◼◼가 자연을 비롯한 동식물과 소외된 계층을 향해 ◼◼운 사랑의 시선을 보내는데, 그것 역시 뿌리는 ◼◼향이라고 봐야 한다. 소록도 조용필 자선공연이◼◼ 소제목이 붙은 「작은 사슴의 섬과 약속」과 「◼◼초꽃」 「톤레샵호수」 「가로수의 겨울나기」 「앵두◼◼ 등이 모두 다 이에 속하는 시편이다.

4. ◼◼의 현장을 통해 사회성을 공유하고자 ◼◼ 주제적 특성

시가 개인적 사유에서 출발하여 사회성을 공유하는 것이라면 이번 이호근 시인의 시집에서 발견한 또 하나의 백미는 그가 역사의 현장을 통해 메타포를 안고 가는 이와 같은 시편들을 어렵잖게 그려내고 있다는 점이다. 옛날, 혹은 자신이 겪었던 역사의 현장들을 끄집어내어 지금의 사회성으로 환원시키는데 그는 탁월한 재능을 보이고 있었다.

'김만중의 유배일기'라는 소제목이 붙어 있는 그의 시 「파도에 그리는 편지」와 '아들에게'라는 소제목이 붙은 김만중의 어머니가 보낸 답신 형식의 시 「파도처럼 서거라」를 보면 이는 더욱 확실해진다.

파도가 목구멍 문턱 너머
솔잎 피죽 가슴 후벼 되돌아갑니다
그게 하루 이틀인가
되돌아가는 파도의 손바닥에
팔십 노모의 안부 몇 자 쥐어 보냅니다
수없이 썼다 풀어지는
수평선 너머 흐린 글씨가 언젠가
푸른 이파리 내밀어 지족혜협을 건널 것입니다

오늘은 우물도 파고 물한 종지와

소금　ㄴ 솔잎 한 움큼 씹다
저물　햇덩이를 물고 있었습니다
사방　도소리와 바람에 맞서보면
두 　박힌 작은 모래알에서
꽃망　먼저 드미는 세상사 주렁주렁 듣습니다
귀 　바람의 속옷을 입어봅니다
부리　듯 휘청이다 제자리 돌아서는
대슢　곧은 말씀의 뿌리에 온몸 기울여 싹을 틔워봅니
다

한 　스했다가 이내 식어버리는 아랫목보다
불 　않아도, 한 겨울 파도가 실컷 누웠다 가도
그 　푸른 살 돋는 솔잎 댓잎 같은 날이 좋습니다

허 　쟁(政爭)의 팽팽한 매듭 같은 들판에 서면
허 　야생의 풀씨처럼
군 　속눈 꼿꼿이 뜨는 것을 어찌합니까

내 　말 마디마디는 오늘밤 푸른 눈 비벼
결 　지 않을 것입니다
수 　푸른 물빛지어 흐를 것입니다
기 　주십시오
파 　씻긴 세모 네모 마름모, 각진 돌들이 서로
ㅇ　둥글둥글 굴려 노도 바닷가 걸어갑니다

주름지는 기억의 수평선 위로

꼭, 그날이 괭이 갈매기처럼 날아오를 것입니다 어머
니!

창 밖 파도 꿰매는 삯바느질 소리가 가랑비처럼 스며드
는 밤입니다

　　　　　　　　　　　　　－「파도에 그리는 편지」 전문

　이 시는 서포 김만중이 노도 유배생활 중 어머니
에게 보내는 편지 형식을 띄고 있다. 사후 6년이 지
난 후 임금으로부터 효행의 징표를 받을 만큼 어머
니에 대한 효심이 지극했던 김만중이고 보면, 이 시
역시 거기에서 크게 벗어난다고는 할 수 없다. 그러
나 이호근 시인은 이 시를 통해 그와 같은 김만중의
세계를 훑어보자는 데 목적을 두고 있는 것 같지는
않다. 그는 자신이 정말 김만중이 된 양 유배 당시의
외적 상황과 외로움 속에 솟구치는 울분 등을 그대
로 쏟아내고 있다. 서정성을 잃지 않고 서사가 구체
적으로 드러나는 이 시의 또 하나의 장점은 이 시가
1690년대 김만중을 그리고는 있지만 그때의 상황이
현재에도 여전히 상존한다는 것을 은연중 암시하고
있다는 점이다. 하긴, 지금도 우리 가운데 제도권에

서 소외되고 밀려나 유배 아닌 유배생활을 하는 사람들이라고는 할 수 없지 않은가.

이 시와 함께 김만중의 어머니가 보낸 것으로 되어 있는 편지 형식의 시「파도처럼 서거라」는 '달'을 매체로 하여 어머니의 애끓는 사랑을 담아내고 있다. 우리가 다 알고 있는 것처럼 '달'의 원형적 상징은 어머니이다. 그러나 이 시는 유배생활을 하고 있는 아이에 대한 어머니의 사랑만을 그리고 있는 게 아니라 그곳에서 혹시라도 약해질까 염려하면서 '파도처럼' 강하게 일어설 것을 가르치는 어머니의 추상적인 사랑이 나타나 있다. 이는 김만중이란 역사적 인물이 그냥 태어난 게 아니라 어머니의 강한 가르침이 있었다는 것을 우리에게 보여주는 것이라고도 할 수 있다.

언제나 시적 동인은 개인의 사유에서부터 출발한다. 그러나 좋은 시란 그것을 뛰어 넘어 사회성을 획득하는 편을 말한다. 그렇다면 이 시는 분명 그에 해당된다 해도 무방할 것이다.

그런 이호근 시인의 시선은 거기에 머물지 않는다. 또 그 외로도 여러 편의 시편을 통해 이 시대가 안고 가는 모순과 부조리, 이념적 갈등 등과도 싸우고 있었다. '바람에서 비린내가 났다'는 제주 4·3 사건의 아픈 기억을 되새긴 「다랑쉬동굴」을 비롯해 '믿음이 부도났다'는 「촛불바다」와 '두 살배기 유모차에서 구순의 굽은 지팡이까지/이순신 장군 휘하/천만 촛불군 눈알이 뾰족해졌다'는 「촛불혁명」, 그리고 '중동산 낙타의 기침에 뿔이 났다'는 「메르스」에 이르기까지, 그는 결코 눈을 감고 있지 않았다는 것을 우리들에게 하나하나 보여주고 있었다.

그렇게 보면 그의 시세계는 어느 한 곳에 천착하지 않고 자연과 사물 등, 그 대상의 폭이 매우 넓고 다양하다는 것을 알 수 있다. 어느 것 하나라도 그의 눈에 띄면 시제가 되지 않는 것이란 거의 없을 정도였다. 이는 그가 쓴 시, 「시」를 보면 더욱 분명해진다.

어둠 달인 이슬꽃이다
내 속 훤히 훑어내는
빨려 들어가는 우주

—「시」 전문

5. 맺는 글

시인은 완료형이 아니다. 진행형이다.

그렇게 보면 이번 상재한 첫 시집에서 시인 자신의 존재론적 기원과 삶의 애환, 슬픔, 그리고 이 시대가 안겨주는 불안정과 불평등 등으로 인한 갈등과 모순 등을 제시하면서 그럼에도 지속시켜야 하는 삶의 살아갈 의지와 지나온 시간에 대한 재현, 그리고 치유 등을 긍정적으로 노래하고 있는 이호근 시인의 두 번째 시집이 벌써부터 궁금해지지 않을 수가 없다. 더욱 그의 시 「겨울강」에서 그가 '언제부턴가/나의 시력도 점점 각질로 자라고 있다/각질의 시력을 늘리기 위하여/오늘도 슬며시 담금질하고 있다'고 스스로 토로한 것처럼 또 다른 탈바꿈이 분명 있을 것을 기대하기 때문이다.

이 세상에는 시인들이 많다. 그 많은 시인들이 하루에도 수 십 권씩 세상을 향해 쏟아내는 시편들은 모두 각기 그 형식과 구조, 빚어내는 목소리 등에서 색깔을 달리하고 있다. 이는 그 시인으로부터 생성된 시란 그 시인을 벗어날 수 없기 때문이기도 하다. 따라서 그 시인의 사상과 사고 등이 묵고 있는 집인 몸과 마음이 건강해야 하는 것은 물론이다. 그럼에도 불구하고 요즘 들어 우리나라 시인들의 몸과 마음이 오염되어 가고 있는 것은 아닐까 우려하는 혹자들이 많다는 것은 주시할 필요가 있다고 할 것이다. 또 그런 현상이 지금 이 시간에도 곳곳에서 벌어지고 있는 것도 사실이다. 문학의 본질인 창작은 뒷전인 채 문단 권력층에 빌붙어 아부를 일삼는…. 그렇다면 이호근 시인은 어떨까. 다행스럽게도 그는 아직 오염되지 않은 원시적 몸을 지니고 있다. 요즘 젊은 시인들이 많이 사용하는 낯설음을 빙자한 형식의 변형, 파격적으로 비튼 시어와 조어, 또 모순어법이나 역설과 비유 등, 내면을 난해하게 풀어놓는 기법을 사용하지 않아 때로는 고답적 분위기를 자아낸다고 할 수도 있지만, 자연과 사물과 대상을 직시하고 구체적으로 전달하므로 오히려 건강한 황소처럼 믿음직스럽게 느껴지는 것 또한 사실이다. 다시 말하자면 에둘러가지 않는 그것이 곧 그의 개성[...]며, 시적 정서인 것이다. 거기에 하나를 더 덧붙[...]면 이호근 시인은 시 한 편을 꽃 피우기 위해서 기[...]릴 줄 안다는 점이다. 천천히, 그리고 똑바로, 한[...]않지 않고 기다린다는 것은 곧 끝없는 모색을 의[...]며, 새로운 시세계를 향한 또 다른 날개짓이고, [...]림이라고 할 수 있다.

서정[...]의 가장 근본적인 존재 형식은 시인의 자기 인식[...] 찾을 수 있다. 시 안에서 시적화자와 통일된 몸[...] 형성하면서 자신의 목소리를 통해 자신의 세계[...] 묵묵히 펼쳐가는 것, 그게 바로 시인의 진정성이[...] 종국에는 독자의 공감을 끌어낼 수 있는 버팀목[...] 것이다. 그런 의미에서 볼 때, 육십이 다되어 가는 [...]에도 불구하고 오늘도 사랑의 가슴앓이를 하면[...] 혼자 외길을 걷고 있을 그가 우리 앞에 또 다른 어[...]를 현현시키고, 이 모순의 현장에서 분노하는 모[...]을 보기란 그렇게 멀지 않은 듯하다.

해설

발견에서 성찰로

고광식(시인·문학평론가)

프롤로그

이호근 시인은 첫 시집 『파도에 그리는 편지』에서 현실에 대한 발견을 체계화한다. 이 발견은 현실의 아포리아 때문에 더욱 선명해진다. 견자의 눈으로 발견한 아포리아는 곧 성찰의 대상이 된다. 그러므로 성찰의 날 선 촉수는 텍스트 전체를 관통하는 기제로 작동한다.

1. 특수한 현실

현실은 세계에 대한 경험을 전제로 한다. 이 전제는 외적으로 자신이나 가족에게 닥쳐온 물질적 세계와 세계 안에 위치한 자신의 모습을 바라보는 객관적인 시선이다. 또한 외부로부터 오는 물리적 위협에 대한 구체적인 인식이다. 어릴 적부터 자기 분화와 자아 발달이 이루어지며 우리는 현실에 대한 환경적 이미지를 내재화했다. 자신이 처한 현실은 자기 정체성을 만든다. 우리는 자아의 항상성으로 세계를 바라보고 대응하는 존재이다. 이미 학자들이 주장했듯이 인간은 기본적으로 쾌를 좇고 불쾌를 피하려는 욕망을 가지고 있다. 하지만, 자본주의는 쾌를 추구한다고 행복해지는 게 아니다. 자신이 처한 특수한 현실을 인정하고 세계에 맞서야 겨우 불쾌를 면할 수 있다. 우리는 모두 특수한 현실을 사는 존재이다. 모두가 동일한 사회적 지위를 갖고 있지 않다는 것은 자명한 사실이기 때문이다. 그러므로 각 주체는 긴밀감을 키우며 세계와 맞선다.

이는 시인의 특수한 현실 드러내기는 "풀잎이/어디에 서는 것은/발밑에서 불러주는/따뜻한 흙의 노래가 있기 때문이다"(「들풀」)처럼 인과론적 관계로 나타난다. 즉 그것은 우리가 딛고 있는 현실도 자연처럼 인과론적 관계로 만들어져 있다는 것을 의미

한다. 따라서 그의 시들은 아포리아를 들고 불안에 떨기도 하고, 닫힌 문 앞에서 문을 열기 위한 에너지를 발산하기도 한다. 우리는 살기 위해 쾌를 추구하고, 불쾌를 피해야 한다. 세상은 모순과 아포리아로 점철되어 우리를 압박한다. 특히 사회적 약자에 해당하는 계층은 언제나 살얼음판 위에 서 있다는 위기감을 느낀다. 현실의 위험성이 도출될 때마다 불안에 떨 수밖에 없다. 이제 저항할 준비를 해야 한다. 언제까지 불안에 떨 수만은 없지 않은가. 이호근 시인은 현실을 있는 그대로 받아들이고 있으며, 그것을 성찰의 기제로 삼고 있다. 그는 명징한 사유로써 현실을 보고 성찰한다.

허리 한번 제대로 굽어본 적 있는가
해풍 쓸고 깎는
비린내 톡 쏘는 눈빛
평생 단, 한번 껌뻑 졸아본 적 있는가

몇 날은 비단길 같다가도
속 헐고
바닥까지 젖혀지는 것이 바다라네

찢겨 고물
오장 멸치 떼
싸그 태풍처럼 빠져나가도
구름 럼
다시
떼 지 모여드는 것이 바다라네

그러
그물 라고
어디
모든 눈 한번 찔끔 감을 수 있겠는가

—「등대」 전문

위   럼 현실을 발견하고 극복하는 시간은 고통
을 수   다. 그러나 그 고통은 미래에 대한 희망 때
문에   릴만 하다. 그렇기에 시적 화자의 "허리 한
번 제   로 굽어본 적 있는가"라는 진술이 가능해진
다. 그   즉 불쾌의 감정이 영원히 지속된다면 현재
를 사   주체들은 삶을 스스로 놓아버릴 것이다. 불
안한   리는 햄릿의 '살 것인가 아니면 죽을 것인가'
의 독   처럼 결정장애에 빠질 수 있다. 그러나 현실

을 진단하건대 현재의 결핍과 고통은 언젠가는 사라질 것이다. 삶은 궁지에 몰리다가도 오징어, 멸치 떼들이 "다시,/떼 지어 모여드는" 바다처럼 희망으로 전환되기도 한다. 시인은 현실의 불쾌와 미래의 쾌를 성찰한다. 그리고 이 둘은 서로 연관 관계를 가지고 있다고 판단한다. 이러한 의식의 환기는 "그러니/그믐밤이라고/어디,/모른 척 눈 한번 찔끔 감을 수 있겠는가"에 진지한 진술로 드러난다. 우리의 현실은 자본주의가 지배하고 있기 때문이다.

지금 시인은 등대에 투사된 자신의 감정을 진술하는 중이다. 외연이 부족한 언어의 한계를 비유로 극복하고 있다. 시인은 시적 화자의 입을 빌려 자본주의 현실을 발견하고 성찰한다. 그러나 감정의 과잉 상태에 빠져 절망하지 않는다. 다만, 능동적인 기투 행위로써 현재의 문제를 해결하려 한다. 발견된 것에 대한 치열한 사유가 성찰을 불러일으킨다. 따라서 자본주의 메커니즘이 억누르는 압력을 극복하기 위해 우리의 의식은 늘 깨어 있어야 한다.

2. 아 리아의 발견

우리 에 아포리아가 있다. 인간은 살면서 해결하기 운 난제와 맞닥뜨린다. 현재를 사는 인간은 미 계획하고, 계획한 것을 달성하기 위해 열심히 . 사회 속에서 끊임없이 자신의 위치를 확인하며 외당하지 않기 위해 노력한다. 누군가는 타자로 터 인정받아 자신의 존재감을 드러내고, 누군가는 력의 결과가 없어 소외당한다. 하지만, 인간은 의 생의지를 갖고 새로운 도전을 한다. 이러한 에서 크고 작은 아포리아 상태에 빠진다. 세계의 체들은 자신이 아포리아 상태에 빠졌다는 것을 하고 문제를 해결하기 위해 최선을 다한다. 우 삶은 단단한 아포리아에서 알 수 있듯이 언제나 계에 부딪힌다. 따라서 삶은 끊임없이 성찰하고 력해야 할 대상이다. 인간은 자신이 지향하는 현실의 삶이 다름을 경험한다. 이것이 현대인에 는 삶의 아포리아이며 딜레마이다. 근대 이후의 성으로 무장한 인간도 아포리아에선 자유로울 었다. 그러기에 지속적으로 자신의 삶에 질

문을 던져 아포리아를 벗어나려 한다.

그러나 아무리 자신의 삶을 성찰하고 질문을 던져
도 아포리아는 외연을 넓혀간다. 해결하기 어려운
난제 앞에서 우리는 절망하고 하늘을 원망한다. 자
신의 노력으로는 해결할 수 없는 상태는 말 그대로
아포리아이다.

1년 전 약속을 지키기 위해
조용필이 친구여를 부른다
객석에 뛰어들어 300명 관객과 마음 한 땀 한 땀
수를 놓아 먼지 낀 한限을 쓸고 닦아낸다
손을 어루만지고 얼굴 비벼, 묵정밭 화음으로 일구자
한평생
안으로 오그라져 굳었던 것들이
슬며시 펴지기 시작한다
단 하루만이라도 웃을 수만 있다면
지금 이 순간만이라도 친구가 될 수 있다면
마음 열면
작은 것 하나로도 금세 여울져 이웃이 되는 것을 …
행복하세요
또, 우리 봐요 친구여!
　　　　　　　　　—「작은 사슴의 섬과 약속
　　　　　　　　　—소록도 조용필 자선 공연」부분

한번 □스했다가 이내 식어버리는 아랫목보다
불 □□ 않아도, 한 겨울 파도가 실컷 누웠다 가도
그대□ 푸른 살 돋는 솔잎 댓잎 같은 날이 좋습니다

허니 □쟁(政爭)의 팽팽한 매듭 같은 들판에 서면
허기 □ 야생의 풀씨처럼
굳은 □ 속눈 꼿꼿이 뜨는 것을 어찌합니까
내 □ 말 마디마디는 오늘 밤 푸른 눈 비벼
결코 □지 않을 것입니다
수천 □ 푸른 물빛지어 흐를 것입니다
기억□ □주십시오
파도□ □씻긴 세모 네모 마름모 각진 돌들이 서로
이어 □ 둥글둥글 굴려 노도 바닷가 걸어갑니다
주름□ □ 기억의 수평선 위로
꼭, □ □날이 팽이갈매기처럼 날아오를 것입니다 어머
니!
창 □□도 꿰매는 삯바느질 소리가 가랑비처럼 스며드
는 밤□ □다.

주) □□ : 서포 김만중의 남해 유배지 섬, 지족해협 :
남해 □ □다
　　　　　─「파도에 그리는 편지─김만중의 유배일기」 부분

「작은 사슴의 섬과 약속—소록도 조용필 자선 공연」은 현실을 있는 그대로 재현한 시이다. 조용필이 노래를 부르고 있다. 조용필은 삶의 아포리아 상태에 빠진 이들을 위하여 "객석에 뛰어들어 300명 관객과 마음 한 땀 한 땀/수를 놓아 먼지 낀 한限을 쓸고 닦아"내는 중이다. 그는 우리 시대의 진정한 가인이다. 어느 날 갑자기 찾아온 천형은 이들에게 해결할 수 없는 아포리아였다. 모든 수단을 강구하여도 해결되지 않는 난관 앞에 이들은 절망했다. 문제를 해결할 방법이 없다. 이때 조용필은 스스로 아포리아 늪으로 걸어 들어갔다. 그들과 동일시되어 노래를 부르기 시작한 것이다. 그들과 하나가 되는 방법으로 "손을 어루만지고 얼굴 비벼, 묵정밭 화음으로" 일구어냈다. 조용필이 그들과 하나가 되었을 때, 해결하기 어려운 아포리아도 그 순간은 사라졌다. 가슴 속으로부터 "한평생/안으로 오그라져 굳었던 것들이/슬며시 펴지기 시작"하였다. 조용필은 아포리아 상태를 흉내만 낸 것이 아니다. 몸과 마음으로 하나가 되었기에 그들은 행복했다. 타자의 아포리아를 끌어안은 조용필이 "또, 우리 봐요 친구여!"

라고 □□다. 우리 모두의 가슴이 뜨거워진다. 그로 인해 □□□도가 '당신들의 천국'이 아니라 '우리들의 천국'□□□었다.

「파□□ 그리는 편지—김만중의 유배일기」에서 시인□□□사 속의 김만중을 호명한다. 그가 처한 아 포리□□ 상태를 지금 이곳으로 불러들인다. 그리고 김만□□ 아포리아를 어떤 식으로 관통해가는지를 보여□□□. 이러한 시인의 시도로 아포리아가 어느 한 시□□□ 국한되지 않는다는 것을 알 수 있다. 시인 은 김□□중과 동일시되어 "한번 따스했다가 이내 식 어버□□□ 아랫목보다/불 피지 않아도, 한 겨울 파도 가 실□□ 뉘웠다 가도/그대로 푸른 살 돋는 솔잎 댓잎 같은□□이 좋습니다"라고 어머니에게 편지를 쓴다. 아포□□아를 해결하는 김만중식 해법은 효이다. 그 는 자□□이 처한 아포리아를 『구운몽』과 『사씨남정 기』□□□서 어머니에게 드리는 것으로 해결을 시도 했다□□ 문학적 관점에서 보면 김만중은 문학사에 남을 □품을 썼기 때문에 아포리아를 해결했다고 볼 수 있□□□ 이렇듯 삶은 아포리아를 끌어안고 가는 과 정이□□ 따라서 우리 모두에게 아포리아는 삶이다.

하루 중 오 할은
탄창에 장전된 이야기
육이오 포성처럼 집안 곳곳 자욱하다
파편에 골절된 전역수첩에서
상흔처럼 희미한 군번
식탁을 맵고 짜게 비벼 접시에 담긴다
밥알보다 먼저 입천장에 박힌 숫자들

북어처럼 수첩은 푸석거려도
외출할 때 맨 앞 아버지 손에 쥔
육탄전 같은 전우의 함성
방아쇠처럼 찰칵 길을 텄을 것이다

방정식으로 풀 수 없는
생과 사 덤불 속을
흉터 위로 진군하여 일어선 것도
조국이란 둥지 사수 위해
서로의 어깨와 다리 포갰을 것이다
　　　　　　　　　　　　　ー「아버지의 전역수첩」 부분

「아버지의 전역수첩」은 지금 이곳의 아포리아를
드러내고 있다. 6 · 25전쟁을 통해 국가적 아포리아는 개[...] 아포리아로 직결된다는 것을 알았다. 전쟁 상[...]선 사는 것이 죽기보다 더 어렵다. 그렇기 때문[...] 하루 중 오 할은/탄창에 장전된 이야기"가 설득[...] 얻는다. 시인은 아버지의 전역수첩을 보며 우[...]역사의 한 단면을 드러낸다. 우리는 일본의 야욕[...]문에 식민지를 겪었다. 그리고 미국과 소련의 야[...]때문에 분단이 되었다. 그러므로 6·25전쟁에 대[...]책임에서 미·소·일은 자유로울 수 없다. 정확[...] 역사적 좌표를 읽고 역사 인식을 가져야 한다[...]인은 아버지가 전역수첩을 펼치며 "육탄전 같은[...]유의 함성"을 들었을 것으로 진술한다. 또한 국가[...]아포리아를 "방정식으로 풀 수 없는" 것으로, [...]리아를 푸는 과정을 "생과 사 덤불 속을" 헤매는[...]으로 본다. 함께 공동의 운명체가 되어 미래를 [...] 과정이 아버지의 전역수첩에서 발견된다.

　소[...]라테스는 대화를 통해 상대를 아포리아 상태에 [...]렸다. 그 결과 상대는 무지의 상태를 자각한다. [...]만, 우리는 모두 삶의 매 순간이 아포리아이다. [...]인해 자신의 존재를 확인한다. 그러므로 아포리[...]를 발견한다는 것은 삶에 대해 답을 구하는 것이다.

3. 닫힌 문 앞에서

세상은 회전문과 같아서 언제나 열려 있는 것 같지만 닫혀 있다. 회전문을 통과하기 위해 우리는 이것의 메커니즘을 잘 이해해야 한다. 회전문은 회전축을 중심으로 여러 개의 문이 방사상으로 설치되어 있다. 이것은 문 내에서 회전함으로써 언제나 바깥과 차단되어 있다. 그리고 일정한 속도로 돌아간다. 이런 이유로 회전문 이용이 익숙하지 않은 사람들은 사고를 당할 위험이 높다. 안전하게 문을 통과하기 위해선 회전속도를 보고 입구가 가장 크게 열렸을 때 걸음을 옮겨야 한다. 따라서 노약자들의 사고 위험은 더욱 높아질 수밖에 없는 구조이다. 그러므로 회전문에 대한 이해가 부족하거나 자신을 최적화시키지 못하면 문을 통과하지 못한다. 건물은 문 앞에서 있는 사람들을 향하여 안으로 들어오라고 한다. 항상 열려 있다는 태도와 표정을 짓는다. 하지만, 회

전문 앞 서는 누구도 방심할 수 없다. 회전문 앞에
서면   모두에게 기회가 균등하게 주어진 것이
아니라   것을 안다.

　바깥   맴도는 약자들에게 안은 동경의 대상이 된
다. 그   나 회전문의 메커니즘이 건물에 대한 동경
을 무   리는 기제로 작용한다.

　2회
　손   에 중심 들려
　시   처럼 흔드는 한 사내
　한   도 알 수 있는
　지   력이 갈비뼈처럼 툭 불거져있다
　모   를 돌 때마다
　이   나사못이 헐은 몸을 삐져나온다
　몽   스패너는 침묵중이다
　묵   계기름이 몸통 마개 열어 쿨럭거린다
　개   태운 의자들이 출렁댄다
　한   자가 의자에서 튕겨 나온다
　시   는 반사적으로 빈곳을 틀어막고
　늙   태엽 가까스로 감아놓자
　시   는 다시 거꾸로 서서
　오   의 운세 주문처럼 좌우로 흔들어댄다

〈중략〉

내가 을지로3가 환승역에 내렸을 때

사내는 종점이 없다는 것을 알았다.

—「출근중」 부분

진안, 마령, 부귀, 정천, 백운
오일장 팽이처럼 돌아 멍꽃 피었다

달빛이 이파리 숙이고야
달물 든 보따리
풀썩 토방에 내려놓는
제 몸보다 갑절 무거운
알곡의 등줄기에서
식지 않은
체온의 파편들 아침까지 뜨끔거렸다

숨차오는 식욕의 끼니마저
한 방울의 땀을 저울질하며
맹물로 위장을 희석시켰을
한낮의 쨍쨍한 무게

—「어머니의 장날」 부분

시인은 감정의 과잉 상태에서 불편한 현실에 대해 소□□거나 무너뜨리려 하지 않는다. 오히려 세계에 □□된 진실까지 보려는 견자의 자세를 취한다. 출□하는 시간대의 전철은 언제나 사람들로 꽉 차 있□ 전철 안에는 자신을 복잡함 속에 은폐하고 있는 □□도 있다. 그들은 타자와 구분되지 않는 자신만□ 항상성으로 파편화된 상태이다. 시인의 눈은 "□□추처럼 흔드는 한 사내"를 주시한다. 시인은 보□지 않는 것을 보는 존재이다. 그렇기에 타자가 감□□은 사실을 "모퉁이를 돌 때마다/이력의 나사못□ 헐은 몸을 삐져나온다"는 진술이 가능해진다. □□럼 예민한 촉수로 타자를 더듬어 생각에 잠긴다□ □인은 시각의 이면에 도사린 사실 찾기에 집중한□ 이와 같은 집착은 시인의 가슴속에 있는 인간에□ 작동되어 나타난 것이다. 적극적으로 감추어닐□ 타자의 가면 속 현실을 찾기는 쉽지 않다. 시각 □□의 직관이 필요할 때가 많다. 시인이 에피파니를 □러내는 방식은 "사내는 종점이 없다는 것을 알□□."처럼 시간과 장소에 구애받지 않는다.

「□□니의 장날」에서 보여지는 것처럼 닫힌 문이

가족으로 확대되어 나타나는 경우도 있다. 시인은 오일장을 "진안, 마령, 부귀, 정천, 백운"으로 구체화한다. 삶에 대한 탐구가 가족사를 재현 시켜 성찰하게 만든다. 시인 자신의 진술처럼 어머니는 "오일장 팽이처럼 돌아 멍꽃"을 피우는 애처롭지만 강인한 존재이다. 인고의 길을 걸었던 어머니를 재현시킴으로써 시인은 삶 속에 내포한 가족의 의미를 찾는다. 체제의 압박으로부터 가족이 무너지지 않는 것은 강인한 생의지 때문이다. 수시로 다가오는 압박은 가족을 파괴하기에 충분하다. 하지만, 어머니는 "맹물로 위장을 희석시켰을/한낮의 쨍쨍한 무게"로 부당한 세계와 맞서 싸운다. 그리고 오일장을 돌면서 가족 앞에 닫혀 있는 문을 여는 데 힘을 보탠다. 오일장을 도는 것은 무한한 인내력을 요구한다. 그러니 어머니가 장에 펼쳐놓고 사고파는 것은 가난한 가족의 푸른 꿈일 것이다.

상경해서 처음 묵은 곳이 똥골마을이다
서대문형무소 뒤 안산 중턱
헛바닥 빼고 사는 똥 튀기던 곳
호박꽃처럼 일어나

떼먹 임금 팔 할이 넘는 잡지사 기자
애호 처럼 매달려
그래 호박죽은 끓일 거라 생각했다
익기 꼭지 따는
상식 눈깔 뒤집는 똥간 같은 벽 오르내리며
민주 운동, 세월호, 촛불집회, …
정의 나무 물댈 일이면
밥줄 말랐어도
가 저 눈물 받아 끓여내는
지 은 그것이 기자 정신 아닌가
땅 에 누운 날들
팔 넘는 줄도 모르고
빈 만 두드린 날이
벌 사십년이다.

　　　　　　　　　　　　　　—「이하 형에게」 전문

현 를 사는 대부분의 사람은 자기 앞에 닫혀 있
는 을 열기 위해 노력한다. 그러한 노력이 모여 사
회를 동적으로 만든다. 그리고 결국 사회는 불균
형적 발전을 거듭한다. 그러나 이타적인 유전자
가 은 사람은 자신의 난제를 풀기보다는 공동체
앞에 힌 문을 열려는 의지가 강하다. 공동선을 위
한 들의 자기희생은 '이하'처럼 사회 전체에 긍정

적으로 작용한다. 특히 자본주의 사회가 만들어내는 소외된 자들 편에 서서 "상식이 눈깔 뒤집는 똥간 같은 벽 오르내리며" 지난한 싸움을 한다. 개인의 투쟁은 "민주화운동, 세월호, 촛불집회, …"처럼 단체로 확대되어 황폐한 시간을 밟고 전진한다. 파국으로 치달을 수밖에 없는 소외된 자들과 자신을 동일시하며 저항의 에너지를 만들어낸다. 멈출 줄 모르는 자본주의 욕망을 무너뜨리기 위해 이타적 존재들이 강한 힘으로 저항한다. 근대 이후는 '이하'처럼 이타적 유전자를 가지고 "땅바닥에 누운 날들/팔 할이 넘는 줄도" 모르는 주체들에 의해 진보를 거듭해 왔다. 우리는 모두 그들에게 공적으로 빚을 졌다.

시인의 닫힌 문에 대한 인식은 다양한 측면에서 드러난다. 누군가는 닫힌 문 열기를 포기한 듯한 모습을 보이고 또 누군가는 강한 생의지로 가족을 위해 문을 연다. 그리고 또 다른 이타적 유전자들은 비정상을 정상화시키기 위해 평생을 노력한다. 이처럼 이호근 시인의 시에서는 닫힌 문에 저항하는 의식이 다양한 스펙트럼으로 전개된다. 왜 우리는 닫힌 문 앞에서 분노하는지, 그리고 닫힌 문 앞에서 연대하는 ···를 보여준다.

4. ···에서 성찰로

발견···미처 보지 못했던 사물이나 사실을 찾아내는 행···에서 끝나면 안 된다. 그것을 반성적 성찰로 만들···야 한다. 자연과학자들은 관찰이나 연구를 통해···려지지 않은 현상을 증명해낸다. 하지만, 시인은 ···거운 직관으로 사실을 찾아낸다. 학자들이 인간···DNA를 새롭게 찾아냈을 때, 시인은 인간의 DNA···서 인류의 특별한 감정을 읽어낸다. 시인이 직관···로 찾아낸 사실이나 현상은 모두 성찰의 대상이 ···다. 성찰의 대상은 감각으로 인지되는 모든 것들이···. 타자뿐만 아니라 자아도 성찰의 대상이다. 감각···오류를 범하기 때문에 신뢰할 수 없다는 데카르···의 지적은 현재에도 유효하다. 발견한 것을 성찰···다는 것은 바람직한 진보로 나아간다는 의미이며···그렇지 않으면 세상은 이기적인 자들의 욕망에 ···해 그들만의 천국이 될 것이다.

데카르트가 사유하고 있는 자신을 의심할 수 없듯이 이호근 시인은 성찰하고 있는 자신을 의심하지 않는다. 직관의 시각으로 현실을 바라보자 기득권층의 추악한 민낯이 발견된다. 우리가 꿈꾸었던 세계는 한낮 꿈이나 환상에 불과했다. 기득권층은 시민을 개나 돼지로 여기며 동물농장의 가축으로 취급했다. 사실이 이런데도 깨어 있지 못한 자들은 그들을 지지한다. 시인은 시적 진실의 방식으로 저들의 저열한 욕망을 중지할 수 있는 것을 강구한다.

묵묵히 새벽 땅 갈고
종처럼 따른 죄
추수가 끝난 지금, 멍 때리고 있다
개, 돼지 헛 삽질한
쭉정이 같은 빈들

눈 내리는
언 땅 뚫을
정의의 파릇한 씨 나락은 없는가

광화문에서 제주까지
도시, 농촌

의(義)들은 토종의 씨앗을 다시 심고 있다
천만 촛불 바다
눈보라 비바람 태우고 있다

　　　　　　　　　　　　—「촛불 바다」 부분

　시적 화자는 "묵묵히 새벽 땅 갈고/종처럼 따른
죄"를 진술한다. 물신 사회에서 시민들은 자신의 삶
에 충실했다. 우리가 추구하는 욕망은 검소하고 소
박하니, 단언하건데, 마천루를 소유하겠다는 욕망
이나 권력의 칼을 꿈꾸지 않았다. 죄가 있다면 우리
의 욕심 없는 삶이 시뮬라크르에 지배당한 것이다.
시뮬라크르의 속성은 누구도 거부할 수 없기 때문
에 우리의 잘못은 아니다. 그런데 기득권층들은 자
신의 욕망을 시뮬라크르화 했다. 화려한 이미지로
시민들을 속이고 시뮬라크르 속의 개돼지로 취급했
다. 이때 우리의 DNA에 도도히 흐르는 공동선의 피
가 "광화문에서 제주까지" 솟구치기 시작한다. 거짓
과 불법의 주범들을 향한 "천만 촛불 바다"가 나라
전체를 덮는다. 우리의 DNA에 내재해 있던 동학혁
명의 횃불이 다시 살아난 것이다. 당시 그곳의 부패
한 관치와 외세를 몰아내는 것이 횃불이었다면, 지

금 이곳의 부패한 정치와 외세를 몰아내는 것은 촛불이다. 현재도 조병갑과 이완용 같은 인물들이 너무 많다는 것이 문제이다.

이호근 시인은 우리 사회에 은폐된 불편한 사실이나 현상을 시적으로 발견한다. 그리고 치열한 사유로 발견한 아포리아를 성찰하기 시작한다. 발견을 성찰하는 것, 기득권에게 권력을 행사하는 것은 권리이다. 그리므로 지속적으로 푼크툼하게 외쳐야한다. 우리는 촛불 바다라고.

초판   인쇄 2019년 12월 30일
초판   발행 2020년 1월 1일

저   이호근
발행   박지연
발행   도서출판 도화
등록   2013년 11월 19일 제2013-000124호

주   서울시 송파구 중대로 34길 9-3
전   02) 3012-1030
팩   02) 3012-1031
전 우편 dohwa1030@daum.net
인   (주)현문

ISBN   979-11-90526-04-3*03810
정   13,000원

잘   만들어진 책은 교환해 드립니다.
저   출판사의 허락 없이 책의 전부 또는 일부 내용을 사용할 수 없습니다.

ife, fool는
인 질서에 대한 익살맞은 비판자,
된 사고의 틀을 해체한다는 뜻입니다.